U0111094

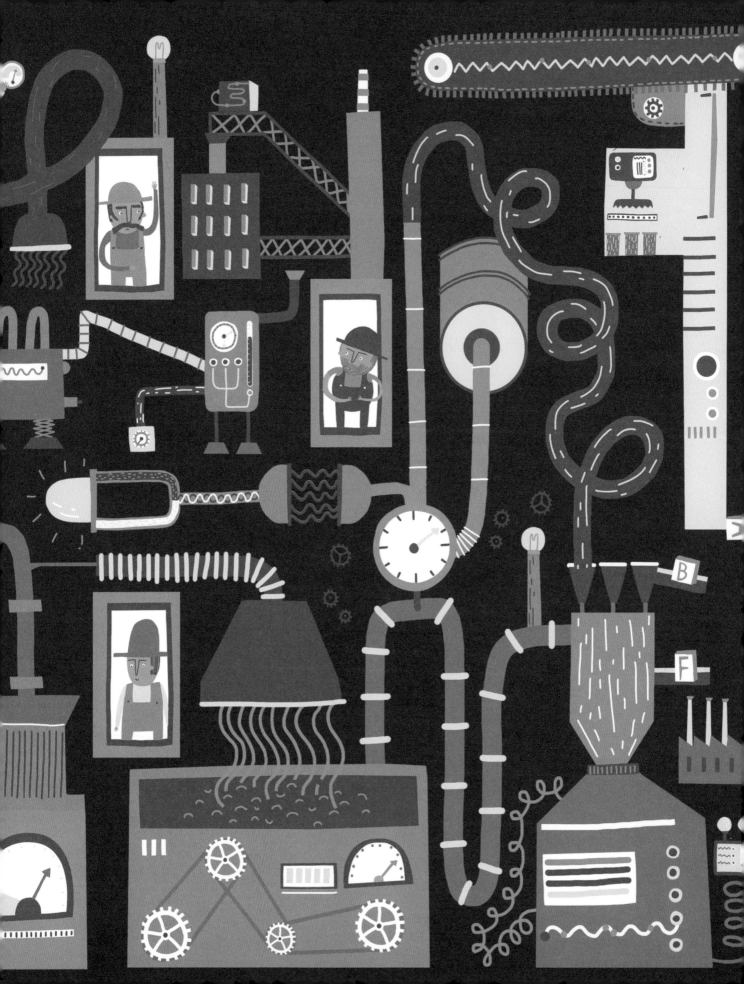

新雅・學習館

靈感創造機！

我的故事創作書

雷尼・尼古達 著　　潘心慧 譯

新雅文化事業有限公司
www.sunya.com.hk

靈感創造機！

輸入你喜歡的啟動密碼

請進

《靈感創造機！我的故事創作書》是一把神奇的鑰匙，能帶你進入一個神秘的王國；在那裏，一切都有可能。你可以使用靈感創造機，說出前所未有的新鮮故事，結交有趣的人物，玩新奇的遊戲，同時也獲得許多樂趣！

只要你手指在鍵盤上一敲，靈感創造機便能製造出很多不可思議的小故事來。但有時它也會刁難你，讓你絞盡腦汁，因為發明靈感創造機的是一個神祕的仙子，名叫「機緣」。

你可以隨意在書上畫圖、寫字或貼東西。此刻，每個前往故事王國的遊客手中的書都是一樣的。但一旦你在上面做了第一個記號，它就只屬於你一個人——因為它會具有你獨特的風格。沒錯，這世上沒有任何人跟你的風格完全相同。你若完成書中所有任務，就會成為靈感創造機真正的高手了！

怎樣使用這本書？

書中的眾多任務是按照不同難度來分類的，
每個任務都會幫助你發掘一個新故事。請你把故事
寫下來或說出來，嘗試賦予故事人物有趣的特徵，
給場景加上精彩的描述，以及編出引人入勝的情節。
書角上的詞語會幫助你完成任務的！

隨機抽詞

1 隨手翻開這本書其中一頁。
2 在書角上選擇至少一個詞語。
  • 左上角的人物
  • 右上角的物件
  • 左下角的地點
  • 右下角的活動、特徵或行動
3 將這些詞語放入你的故事中。

靈感創造機能製造出很多不同的故事，
而且有多種使用方式，能讓你盡情發揮想像力！

玩文字遊戲，創作新故事：

- 隨機抽取兩個人物，記得給他們取名字及形容他們的樣貌和特徵。

- 隨機抽取一個地點作為故事的背景，然後描述一下這個地點。

- 選一個物件放進故事裏，再利用右下角的詞語想出另一個情節，最後把它們連在一起。

- 若想使故事更加生動，可再抽取別的詞語。把抽出的至少三個詞語連結起來，嘗試給這故事一個有趣又意想不到的結局。

邀請家人或朋友參與

如果你的故事來得快，去得也快，一晃便不見了，那豈不是太可惜了？最好說給別人聽！不如把這本書給大家傳閱一下，好讓他們也有機會為你的故事加上一點個人想法？

不知道下一步是什麼？那就問問自己
以下幾個問題：

- 為什麼會發生這件事？
- 誰是當事人？
- 誰做的？
- 誰能解決這件事？
- 為什麼那人會這麼做？
- 如何解決？

鈕扣

提供細節

形容事情的時候，盡量包括每個微小的細節。
舉個例子，「一顆鈕扣」僅僅是一顆鈕扣，但「瑪
麗婆婆那顆有裂痕的木鈕扣」給人的感覺就完
全不一樣！你明白了嗎？

沒有對與錯！

在這本書裏，你是不可能犯錯
的。接下來每一頁都是一個
安全的空間，任由你玩文字遊
戲、說故事、畫畫和寫作。追尋
故事的朋友們，加油！

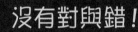

提示！

書中最後幾頁有三個故事的開端，
以及什麼時候抽選哪種詞語的指
示。你是不是現在就躍躍欲試呢？

Rene
雷尼

渴望

新手

插畫家：瑪莉·烏本戈瓦

請你隨意創作，試着改變這頁背後的藝術世界！

夜空

想像你是太空人，在太空漫遊時，無意中發現了一個全新的星座。請用白色的蠟筆，把它畫進宇宙裏。這個星座叫什麼？為什麼你要起這個名稱？你認識哪些真實的星座？

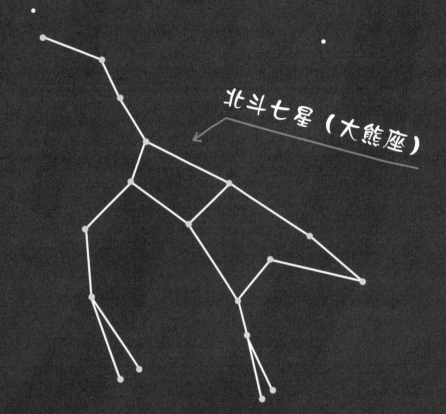

北斗七星（大熊座）

兩位公主

這兩位公主是姊妹，但由於某種原因，她們正在生對方的氣。請給她們取個名字，並畫出她們的樣貌。

她們之間發生了什麼事？怎樣才能令她們言歸於好？請說說看。

鞋匠貓紳士

實驗室

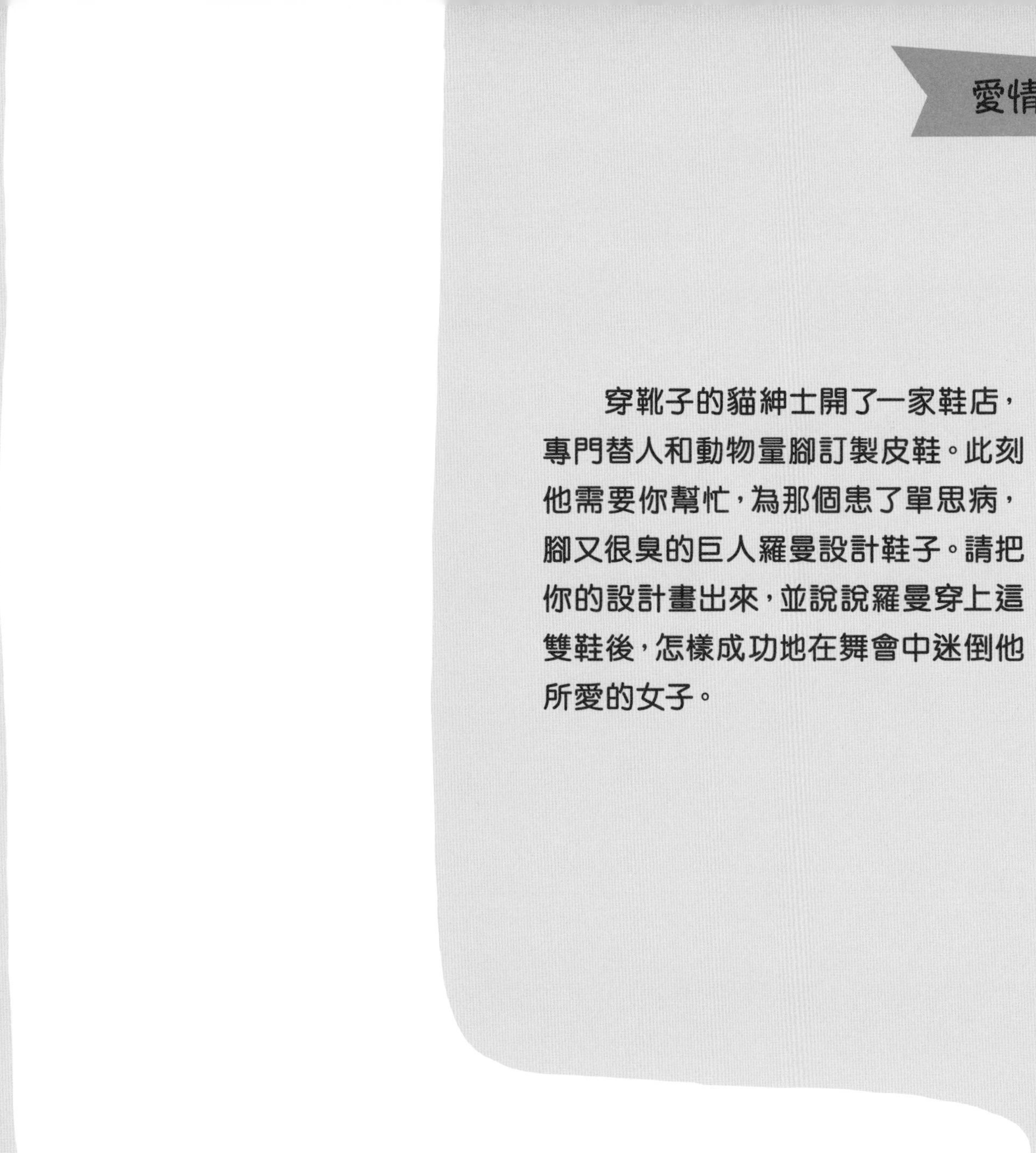

　　穿靴子的貓紳士開了一家鞋店，
專門替人和動物量腳訂製皮鞋。此刻
他需要你幫忙，為那個患了單思病，
腳又很臭的巨人羅曼設計鞋子。請把
你的設計畫出來，並說說羅曼穿上這
雙鞋後，怎樣成功地在舞會中迷倒他
所愛的女子。

馬夫

脫韁之馬菲力斯

農場裏有一匹叫菲力斯的馬，牠受驚後竟從農場逃了出去！請你幫忙老農夫尋找這匹丟失的馬，並描述他在路上必須克服的種種困難。在書角上選幾個詞語放進你的故事中。

偏僻的旅館

遠方有個小小的
哈勒頓村

用手指着圖中不同地點，形容一下每個地方的情
況。然後把所有事情串連一起，編出一個故事來。

旅館

鈴鐺

工作

松鼠

惡魔

請完成惡魔的圖畫，給牠們取一些有趣的名字，並說說牠們在地獄裏監管的一切。

從前，地獄裏出現了一個……請隨手翻開其中一頁，選取右上角的物件，描述惡魔們準備用它來做什麼。

草坪

按鈕

逃走

藍色的草

想像一下，綠色吃起來和聞起來的味道是怎樣的呢？請用圖畫來表達。假如綠色從此在地球上消失，那意味着什麼？請給右頁的物件填上各種顏色，但不准使用綠色，看看情況如何！有誰會希望綠色消失？為什麼？在書中左上角抽取一個人物，放進你的故事裏。

復活節的故事

這根復活節魔棒有神奇的力量,任何人一被它擊中,就會講出一個秘密。請說說圖中的女孩為什麼在逃跑,有什麼秘密是她不願講的?隨手翻開一頁,取右下角的詞語,放在你的故事裏。

請你給這顆巨大的蛋塗上七彩圖案。假如它孵出一個不尋常的東西,那將會怎樣呢?請想出一個故事來。

寵物

創造一些不尋常的寵物,把牠們畫在這裏,然後想想你能讓牠們做的所有事情。還有,牠們吃什麼?睡在哪裏?叫什麼名字?

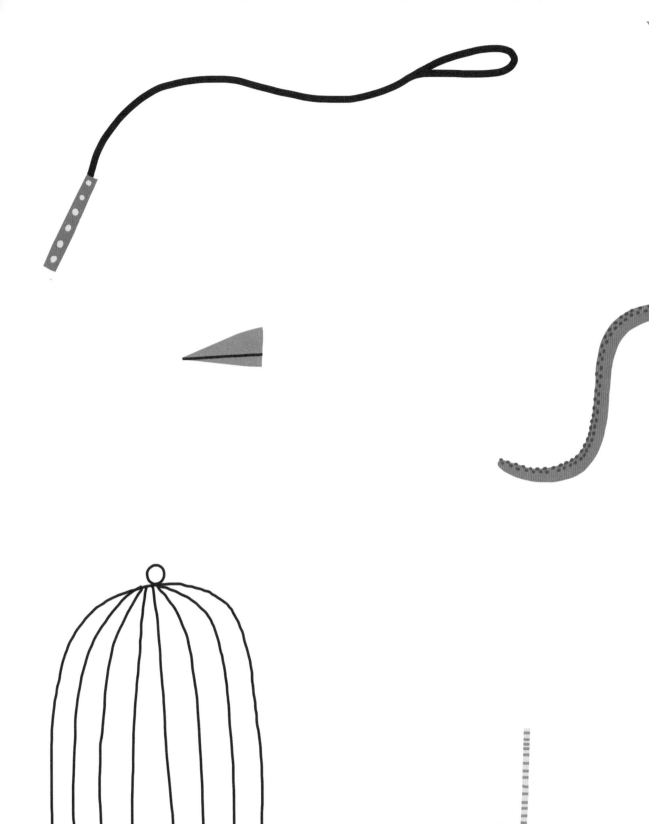

頭髮

失明

藍莓森林

這些是藍莓森林的動物居民。請逐一賦予牠們名字和特徵，然後想一個關於牠們如何對付獵人的故事。請隨手翻開一頁，選左下角的詞語作為動物引獵人去的地點；再翻開另一頁，用右上角的物件來幫助牠們。

空地

繩子

承諾

返老還童的淚水

請在空白部分畫一些你非常喜歡的東西，然後想像邪惡的巫師朗伯特想要奪走其中幾件。你該怎麼阻止他？這個壞巫師很喜歡喝人類的眼淚，聽說這樣做能使他返老還童。隨機抽取一個人物和一個物件，然後描述故事人物如何使用此物戰勝壞巫師。

淚水　淚水　淚水

淚水

彩虹

膽小

啦～啦～啦～

請你的父母或祖父母唱一首他們小時候最喜歡的歌，並以圖畫的形式，表達出歌詞的內容。

市政廳

在書角至少選四個詞語，用來創作一首歌。

做夢

你可以自創旋律，也可以採用熟悉的曲調，隨你喜歡！

美麗的青蛙公主

從這些美麗的青蛙中選一隻，然後形容她的樣子。想像她是因魔咒而變成青蛙的。請說說她經歷了什麼。她本來是誰？請抽選一個人物，決定拯救的方式，然後選一個地點作為故事的場景。

垃圾堆

你知 不知道世界上
有超過6,000種青蛙？

假想人物

讓我們一起來創造下一個故事的主角！
請回答以下問題，並按照指示把人物畫出來。

- 男或女？
- 他/她眼睛的顏色跟你媽媽的一樣。
- 他/她的頭髮就像你好友的。
- 給人物畫上適合今日天氣的服裝。
- 圖畫中要有你最喜歡的顏色。
- 他/她最喜歡哪一個字或詞語？為什麼？

最後，給這個假想人物取名字，並在書角隨機選出地點，編一個關於他/她坐氫氣球到該地旅行的故事。另外抽取幾個詞語，以描述他/她沿途所遇見的事物。

籃子

妒忌

學徒

插畫家：約哈娜・斯韋迪戈瓦

請你隨意創作，為這頁背後的藝術世界無中生有！

胖太太的商店

胖太太擁有的這家店已有120年歷史，專門售賣極有趣的東西。請在貨架上畫出你想像中最奇怪的貨品，然後從右上角選四個物件，把它們也畫在貨架上。解釋一下為什麼胖太太售賣這些東西，並說說有誰可能會向她購買。

好奇的郵差

郵差湯尼送信時，很喜歡偷讀別人的信。他知道這樣做是不應該的，但仍然按捺不住。其中有一封信他特別感興趣，為什麼？裏面寫了什麼？

除了寫信，你還可以在信封上貼或畫一張郵票，相信會對你的故事有幫助。

浴室

隨手翻開書中一頁，看看右下角，便知道這封信是關於什麼。至於是誰寫給誰，你可以自己決定，或在左上角抽取兩個人物。

我們會提供……

請拿梯費給爺爺。

貝蒂已出生，立刻過來。

對不起，我不再愛你了。

小紅帽和七個小矮人

假如七個小矮人不小心走進了小紅帽的故事裏，將會發生什麼事情呢？他們會不會幫助她，救她脫離險境？如果會的話，怎麼救？請說說看。

沉船

佔領城堡

暴君利奧波特是個無惡不作的壞皇帝，你能想出
幾個攻陷他城堡的方式嗎？請編一個關於他的故事。
在書角中抽取一個人物，想像利奧波特把他囚禁起來，
這個故事將會如何發展？

藍色的落葉松

你能分辨哪棵是落葉松嗎？想像這棵樹飽經風霜，年紀比你的祖母還大。它的回憶裏會有什麼故事呢？其中一段回憶可能跟你在書角抽取的人物或物件有關。

請你看圖配對下面的樹，並在樹名旁邊填寫正確的數字：

- 落葉松 ＿＿＿＿
- 千金榆 ＿＿＿＿
- 柳樹 ＿＿＿＿
- 松樹 ＿＿＿＿

3.

4.

你還認識哪些樹？

_____

_____

_____

_____

正確答案：4、1、3、2

標奇立異的指示牌

市長邀請所有市民參加一個設計比賽，看看誰能設計出最新穎的指示牌標誌。

1. 首先，在左頁空白的指示牌上畫出不同的標誌。例如：公園內不得帶倉鼠散步。
2. 然後畫一張從你家去學校的路線圖，並在途中加上你在左頁設計的標誌。想想有誰會違反這些指示牌的規定，有可能把它發展成一個有趣的故事嗎？

唱歌

最美好的假期

七月

把去年暑假最
開心的日子記錄在
這裏，並寫下當天
所發生的事。

森林

想像暑假中可能會經歷的一次冒險。你喜歡的話,可以
隨機抽取一個地點、物件和 / 或人物來幫你。

八月

太空人

清潔工人
李伯

這是
小老鼠

玻璃

競技場

上個星期四，清潔工人李伯找到一個很有趣的東西。你猜那是什麼？李伯怎麼處置它？是誰遺失或扔掉的？為什麼？你可以自己決定這是什麼東西，或在其中一頁的右上角找答案。

請給圖中的回收箱填上正確的顏色。除此以外，還有什麼是可以分類和回收的呢？

電燈

廢紙

塑膠

變魔術

東方快車

東方快車剛剛開到維也納，有一對奇怪的夫婦走進車廂內。請把他們畫出來，並說說他們的故事。他們準備去哪裏？為什麼要去？

他們藏着什麼秘密？旅途中將發生什麼怪事？

請查查看，上個世紀東方快車通常在哪些城市停站。

神秘的龍神

想像有一天，你的朋友被龍神
抓走了！請形容一下你的朋友，並
把他／她的樣貌畫出來。這個故事
的主人翁最後是怎麼獲救的？是被
誰救走？或是自己逃出來的呢？

裂縫

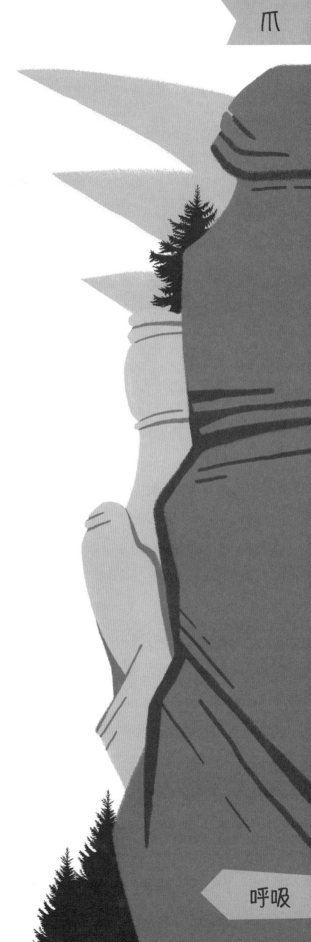

收藏靈魂的水怪

住在湖底的水怪查理收藏了不少靈魂，他把這些收藏品都放在罐子裏。請說說那些靈魂的主人有什麼故事，為什麼他們會沉到湖底？他們做了什麼壞事或犯了什麼錯嗎？也許你會設法把他們救出來……你可以再一次從左上角抽取幾個人物陪你一起行動。

撒謊

嚎叫的樹精靈

請打聽一下別人想像中的樹精靈是什麼樣子，然後根據他們的描述，把牠畫出來，再給大家看看。這跟他們所想像的一樣嗎？假如樹精靈不小心走進了一個你在左下角抽取的地方，會發生什麼事情？你能編出一個故事來嗎？

你可以把自己想像中的樹精靈畫在右頁。

這是 ＿＿＿＿＿＿＿＿＿＿＿（名字）想像的樹精靈。

醫院

快逃呀!

你知道嗎?如果拿着一塊麵包,
或換鞋子,或把口袋翻出來,樹精靈
就不敢接近你了!

困惑的老師

有時不費吹灰之力便能
編出一個好故事！

牧場

購物車

請找出不同商品的標籤，將它們貼在圖中的購物車上。

然後想像有人正在付款處排隊，他們的購物車裏正好就是這些東西。他們是誰？為什麼來購物？為什麼要買這幾件商品？在右下角選一個詞語放進你的故事裏。

畏縮

為什麼有諺語說「害人終害己」？請另外再想一個諺語，把它畫出來。你能根據這個諺語編一個故事嗎？

諺語

營地

運動員的故事

老將

插畫家：特蕾莎・路克蘇娃

請你隨意創作，令這頁背後的藝術世界煥然一新！

地窖

香蕉船

這艘船正為我們從很遠很遠的地方帶來異域的水果，可是海龍王因為昨晚睡得不好而大發脾氣，在香蕉船所經之處安排了大風暴和海盜，甚至出動了海怪。事情最後怎樣了？

真相

荒島餘生

你漂流到一個荒島，在那裏蓋了一間木屋、一個野豬圈，還有儲物屋和壁爐。請描述你遇見的怪事、所造的船，以及你最後是怎樣離開荒島的……

漏水的帳篷

奇特的手套

你的遠房阿姨約瑟芬——就是說話時口沫橫飛的那位，給你編織了一雙七彩繽紛的手套。

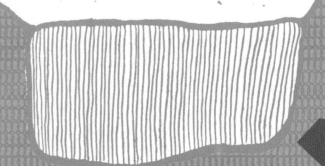

請設計一雙圖案豐富的彩色手套。這雙手套不僅保暖，還讓你感覺到一股神奇的力量——你拳頭一握，它們便會發光。想一想所有你能利用這雙手套做的事！

悶悶不樂的老伯

這位老伯皺着眉頭，很不開心。本來他的工作是用法術給所有做好事的人送禮物，但好事越來越少，所以他現在只能按照各人應得的報應來派發禮物。你可以自己決定，或在書角選一份禮物給一個缺德鬼或懶惰蟲。

小小星球

想像你成功飛到一個遙遠而尚未有人發現的星球。它是什麼樣子的？誰住在那裏？有發生什麼事嗎？你會怎麼稱呼這個星球？現在身處宇宙的你，知道為什麼太空人必須穿太空衣嗎？

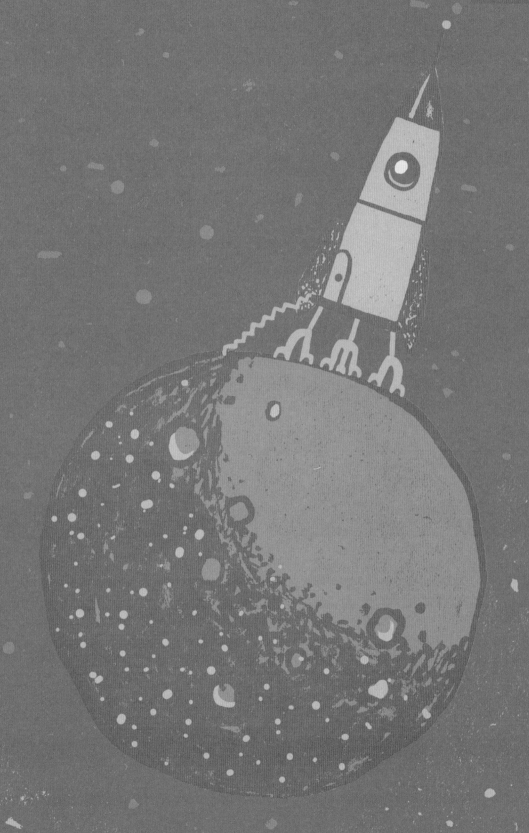

塗油漆

冬日森林

你正在白雪皚皚的森林中行走，突然耳邊響起一把聲音：「你在這裏做什麼？我要把你吃掉！」接下來會發生什麼事情？

淚汪汪的波碧

紅髮女孩波碧怎麼哭了？這肯定跟你剛剛在右下角選出的內容有關。還有誰捲入這件事中？波碧後來怎樣了？請說出她的故事。

動物字典

學校圖書館有一本書叫《動物語言學》，是一本教人怎樣與動物交談的字典。它怎麼會出現在圖書館？從書角抽取一個人物，說說他/她/牠為何想得到這本書？

狗語翻譯的抄本

老鼠爪印文

斑馬紋密碼

（毛毛蟲階段的語言）蟲語

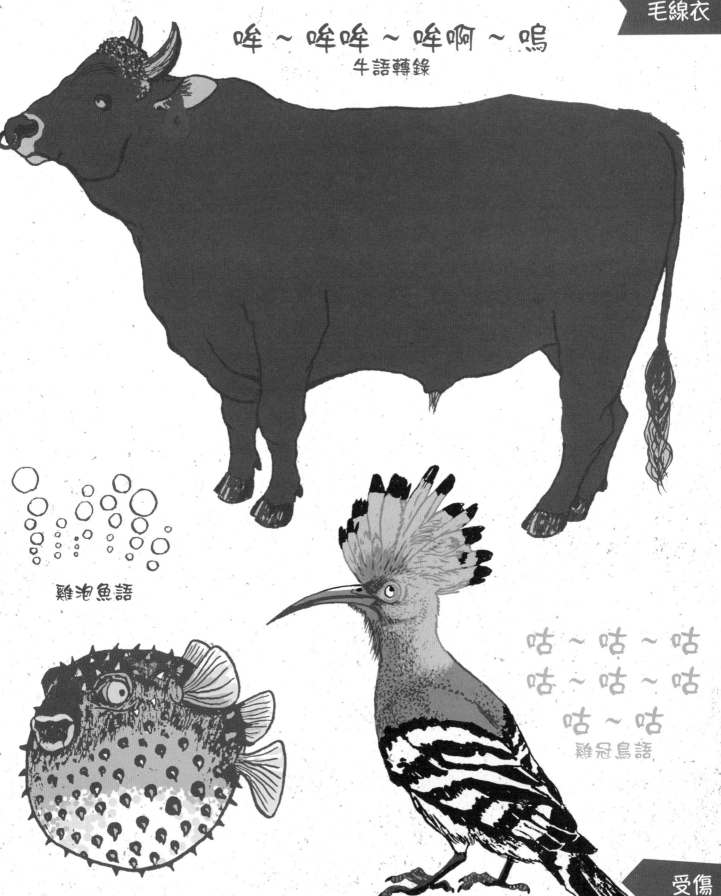

哞 ～ 哞哞 ～ 哞啊 ～ 嗚
牛語轉錄

毛線衣

雞泡魚語

咕 ～ 咕 ～ 咕
咕 ～ 咕 ～ 咕
咕 ～ 咕
雞冠鳥語

受傷

時間觀念

周末有兩天，包括星期六和星期天。有些人覺得周末很長，時間過得很慢；有的卻覺得周末實在太短了。請在這裏寫下你記憶中最短和最長的周末，並描述期間所發生的事情……

最~最~最長的周末！

最短的周末

喔喔喔！

舊照片

高度

寬度

跟父母一起看他們小時候的照片，請選出兩張背後有故事的。你可以把它們貼在這裏，或畫兩張簡單的圖畫，然後把故事說出來……

高度

寬度

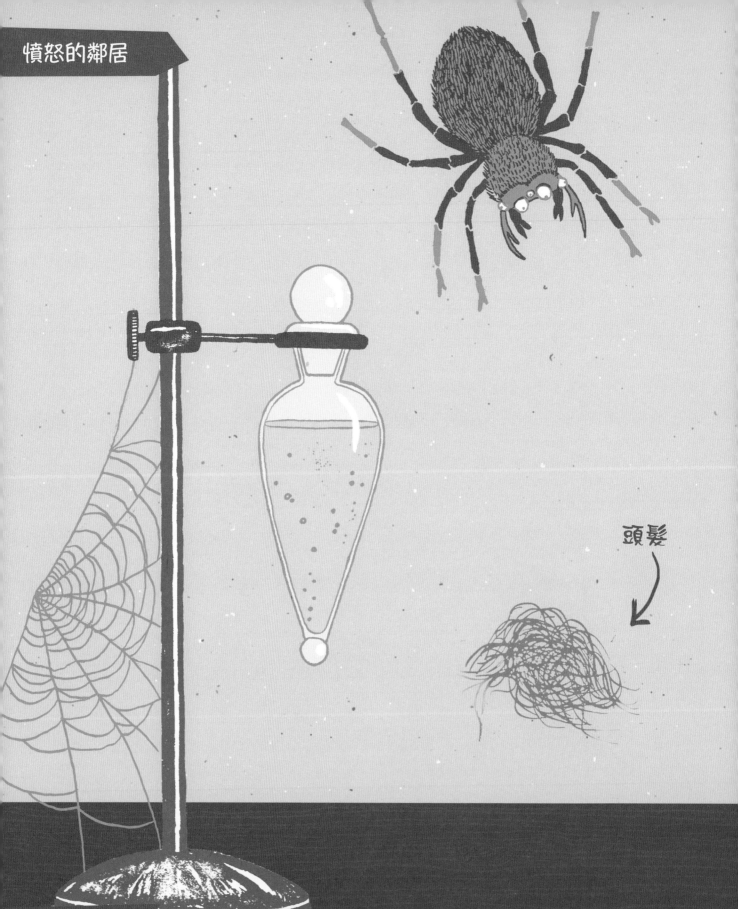

憤怒的鄰居

頭髮

着火的農場

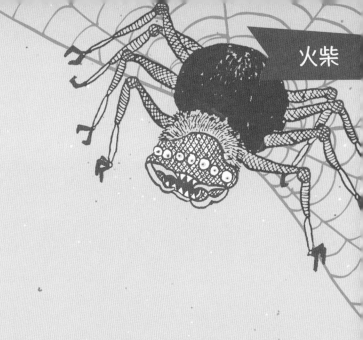

神奇的飲品

這飲品有神奇的功用！翻開雜誌，看看還有哪些東西可以加進這瓶妙藥裏。請把圖畫／照片剪出來貼在這一頁，然後隨機抽取一個人物，描述他／她／牠喝下你的飲品後發生什麼事情。

不尋常的聖誕節

請畫一個不尋常而又喜氣洋洋的聖誕場景。在書角抽取慶祝聖誕的地點和三個人物，描述他們相聚的原因。隨機抽取一個物件放在聖誕樹下，然後說出誰會得到這份禮物？為什麼？

討價還價

古老的留聲機

這部留聲機乾脆壞掉算了！自從有人在灰塵滿布的閣樓上找到它之後，它就一直發出各種怪聲，而且停不下來。怎麼會這樣呢？

你有學過象聲詞或見過自創詞嗎？試試自創一些新字詞來形容那些怪聲。

蒙着眼畫圖

把眼睛蒙住,畫一幅山水圖給神話中的飛馬佩格索斯居住,然後以這地方作為背景,說一個關於牠的故事。

你知道什麼是盲人點字法嗎？翻到下一頁，你會看到一堆小圓點。請用一根針或圓規尖在每個圓點上刺一下，然後翻回這一頁來。閉上眼睛，嘗試用手指去感覺不同組合的凸點。這些盲人字母拼出來就是飛馬佩格索斯的英文名字PEGAS！

高手

插畫家：安妮達·法蘭蒂克·荷拉蘇娃

請你隨意創作，讓這頁背後的藝術世界天翻地覆！

十三號房間

　　這城堡有一個神祕的十三號房間。裏面藏了什麼？有誰會想揭開這個不可告人的秘密？請選出一個人物和兩個物件放進你的故事裏。

壞巫婆

　　莫萊茵是個壞巫婆，她最會刁難人了。英勇的達利波想要拯救美麗的倫娜，但壞巫婆給了他三個人力所不能及的難題。請你畫三幅圖畫來說明達利波如何解決這些難題，並描述事情的經過。

馬廄

迷霧

這團迷霧背後隱藏了什麼故事？
請用粗鉛筆畫出迷霧中的人物和/或物
件的輪廓。隨機翻開這本書三次，在四
個書角中選取最適合這故事的詞語。

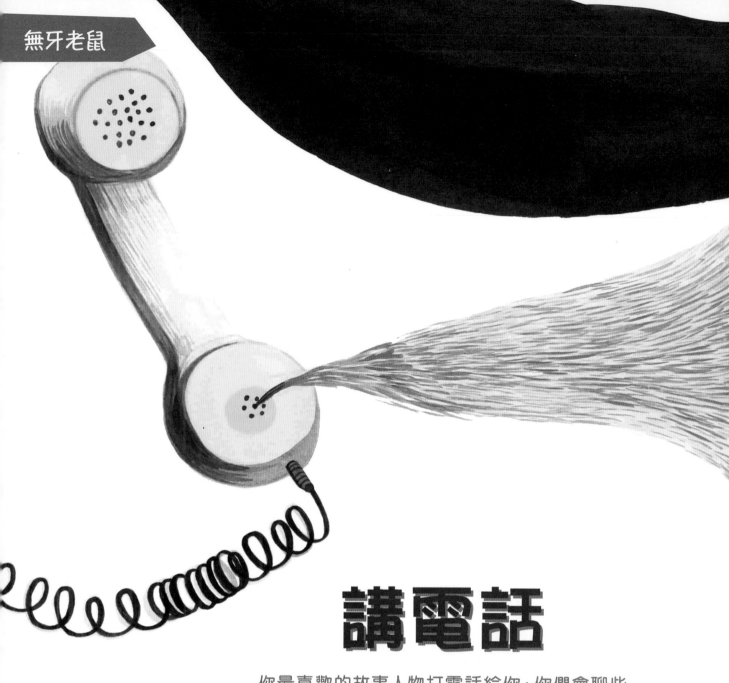

講電話

你最喜歡的故事人物打電話給你，你們會聊些
什麼呢？請把部分通話內容記錄在這裏。你記得他／她說
話的方式嗎？那人的聲音是怎麼樣的？他／她常用哪些字句？假
如你突然發現自己身處他／她的故事裏，你會怎樣？請在書中抽取
一個右下角的詞語，再從右上角取一個物件來幫助你說故事。

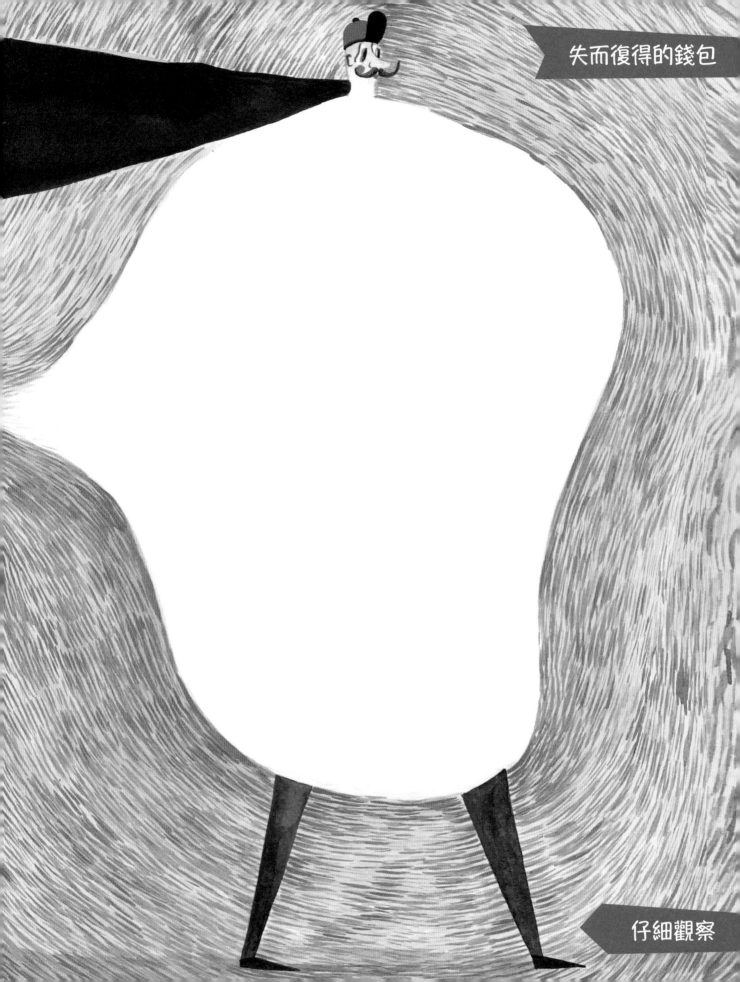

仔細觀察

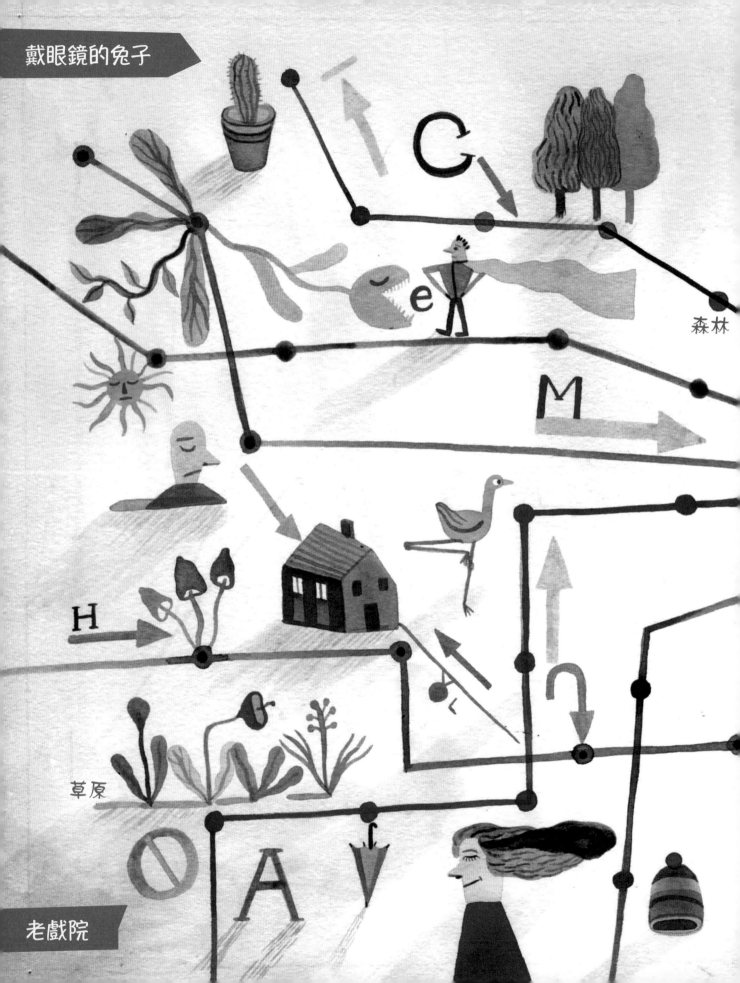

森林

草原

地鐵和黑洞

你所搭乘的列車竟然穿過黑洞，去到了另一個世界。那是什麼地方？是怎麼樣的？有誰住在那裏？接下來會發生什麼事情？你打算怎麼回去？

只有你才知道這個新世界是什麼樣子，所以請你在下面的地鐵路線圖寫上站名，然後在空白部分畫圖。

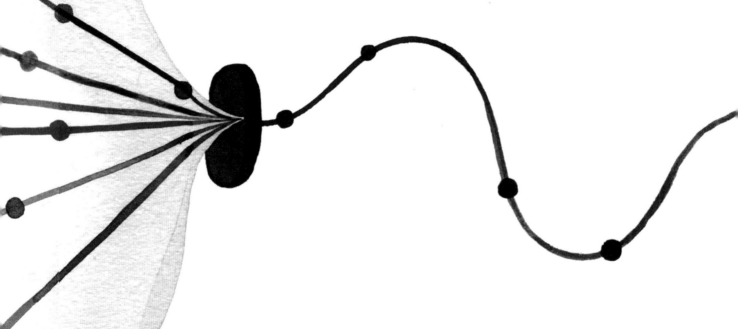

猶豫不決

廢棄的房子

你家附近有一座廢置多年的房子，牆壁上有些可怕的文字和神祕的圖畫。這些文字和圖畫是什麼意思？為什麼你會這樣解讀？請在書角抽取一個人物、物件和行動／特徵，放進你的故事裏。

拿錯行李

在開羅機場有兩件行李不小心被調換了。
這個皮箱是誰的？它的「新」主人發現裏面有
什麼？接下來這個人會怎樣做？

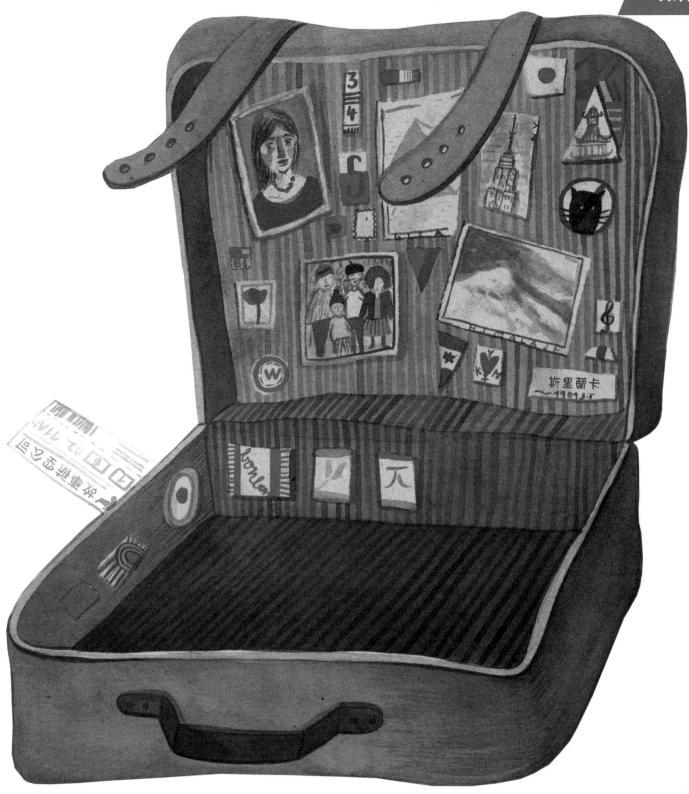

想一想還有哪些情況兩個人會拿錯對方的行李，
看看調換行李這件事可以產生多少不同的故事。

特工X22

古文明時代的珍貴護身符被盜，秘密特工X22必須找到那個小偷。究竟是誰偷走了護身符？為什麼？

蛻變

　　想像有一天你突然長出翅膀，你會怎樣使用這雙翅膀？請把自己畫進這幅畫裏；如你有合適的照片，也可以把它貼在翅膀中間。從書角抽取一個地方，幻想自己飛到那裏。你在那個地方會有什麼有趣的經歷？

醜陋

迷失鬧市

你和家人或朋友一起逛大型商場，突然你轉身一看，發現身邊的人不見了。請說說接下來發生的事情，以及你們怎樣找到對方。你構想那個精彩的故事時，可以從書角選取一些詞語放進去。

神祕的談話內容

你認為這裏發生了什麼事？每個人的想法都不一樣，你能想像某些人對這件事的看法嗎？請選出一個人物和行動/特徵放進你的故事裏。

湖底

尷尬的場面

約瑟夫收到艾伯特給他的禮物時，不禁渾身發抖。那是怎麼一回事？跟禮物本身有關嗎？在書角抽取一個人物和行動，放進你的故事裏。

首先把那份惹事的禮物畫出來，然後加上漂亮的包裝紙和絲帶。

車站

天邊之外

天邊以外會有什麼呢?隨機抽取一個地點和人物,這肯定是個有趣故事的開始!

熱愛

黑暗的魔爪

　　故事王國的國王需要你幫忙！他的國家正逐漸被黑暗所吞噬。只要你願意，他會讓你統治這國家一天。當務之急，請畫出一個有趣的伙伴來幫助你戰勝黑暗。你打算怎麼拯救這個故事王國呢？你會是個怎樣的統治者？沒有時間猶豫了……這是你最後一個任務。一旦完成，你就是靈感創造機真正的高手了！

雲朵

三個故事的開端

博物館的秘密

　　瑪麗對歷史特別感興趣，所以她很喜歡博物館。這本來只是一次尋常的博物館參觀，可是那天發生了一件令人難以置信的事情！博物館裏有一座老婦抱着受驚小鹿的雕像，瑪麗看了它很久，幾乎忘了自己在哪裏，而別人似乎也沒注意到她。結果那天晚上，瑪麗被鎖在偌大的建築物裏。燈全都熄滅了，她感到很害怕。但只有你知道，她並不是自己一個人⋯⋯請你選出三個有趣的人物或物件，說說接下來將發生什麼事情。

時空之旅

　　湯姆一向勇於冒險，所以當他得知父親要飛到遠方一個叫卡布拉的異國小島時，便決定跟他一同前往。可是一上飛機，湯姆就知道事情不太對勁。飛機還在跑道上時，他從窗口看見……（隨機抽取一個人物）。後來，果然大事不妙！就在他們即將降落在小島之際，飛機被厚厚的烏雲籠罩着，然後開始震動，非常嚇人。雖然湯姆的父親努力表現出冷靜的樣子，但湯姆知道他也感到害怕。也許這是湯姆有生以來，父親第一次緊握住他的手。忽然一道閃電劃過天空，然後湯姆發現自己身處……（隨機抽取一個地點）。他全身都濕透了，而距離他不遠的地上有……（隨機抽取一個物件）。他仔細看看四周，發現這裏只有他一人。情況那麼糟糕，還會有轉機嗎？出現在機場的那個神祕人物是誰？若此事跟他／她／牠有關，那又是怎麼回事？

出主意

遙遠的地方

在一個不知名的大洲某處……請隨手翻開其中一頁選出地點，並形容一下當地的情況和事物。那裏有個統治者……隨機抽取一個人物，形容其樣貌和特徵。他／她／牠有個大難題——必須找到三件神秘的東西……隨機抽取三個物件：這幾件東西有什麼特點和用處？為什麼統治者必須得到它們？這地方也住了……請另外再選一個人物，加以描寫，並說明他／她／牠怎樣影響故事的發展。現在是時候由你自己一人來完成這個故事了！

小丑

水槽

恭喜你成為靈感創造機的高手！

請在此處寫上你的名字或筆名。

許願

插畫家介紹

瑪莉·烏本戈瓦 MARIE URBÁNKOVÁ （生於1995年）

茲戈夫藝術設計學校舞台美術系畢業後，曾於布拉格的藝術、建築與設計學院學習電影和電視設計，並在導演雅各布·齊赫的指導下攻讀碩士學位。瑪莉是《火箭兒童季刊》(Raketa)的常任畫家。除了插畫和書本，她最喜歡的是動畫。目前她正與MAUR製片公司合作，為兒童製作一套木偶短片。

約哈娜·斯韋迪戈瓦 JOHANA ŠVEJDÍKOVÁ （生於1977年）

服裝設計系畢業，曾在國外生活六年，目前是全職插畫家和平面設計師。曾擔任2011年動畫《卡夫卡列車》的繪製工作。自2014年開始，她與蘭達娜·利多蘇娃一直是《火箭兒童季刊》的主編。此外，約哈娜也經常與布拉格的特色禮品店Pragtique合作。

特蕾莎·路克蘇娃 TEREZA LUKEŠOVÁ （生於1993年）

畢業自西波希米亞大學美術設計系和布拉格經濟大學藝術管理系。她熱愛插畫，對於大眾教育的主題亦情有獨鍾。2019年她出版了一本有關捷克獵場看守人的圖畫書，同時參與了Hakuna Matata and Rene Nekuda 創意筆記本的計劃。閒餘時，她喜歡旅遊。小時候的夢想是成為獸醫，至今仍然喜歡畫動物。

安妮達·法蘭蒂克·荷拉蘇娃
ANETA FRANTIŠKA HOLASOVÁ （生於1985年）

曾於布拉格平面設計學院修讀書稿維護與修復課程，畢業自西波希米亞大學美術設計系。安妮達的第一本書是《養蜂人盧米爾》(2013)，其後定期為《火箭兒童季刊》繪畫。她熱愛水彩畫，也經常利用空餘時間做平面設計。

我想創意源源不絕！

現在就來教你啟發創意的方法，
讓你盡情解放創造力！

① 靜心細看

人的心理狀態會影響創意思維，如果你想靈感如潮水般不斷湧出來，那就試着深呼吸，靜下來，仔細觀察身邊的事物。也許你會對這些平常事物有截然不同的想法啊！

② 逆向思維

若要鍛煉出令人意想不到的創新思維，那就需要顛覆正常的思考模式。具體來說，就是要徹底拋棄所有先入為主的概念！比如有人不小心在畫紙上打翻了水彩，大部分人都會換另一張新畫紙，但有些人卻能好好利用這些「污漬」，把它當成藝術作品的一部分！

③ 打破界限

假如你看到叉就以為這只是餐具，這種想法會不會有點單調？只要你帶着創意去看待每一件事物，就不會看到什麼就是什麼。這時你或許會發現，原來叉好像孩子的小手，可以用來抓東西吃，又能用來搔癢，還可用來梳頭髮呢！

新雅‧學習館

靈感創造機！我的故事創作書

作　　者：雷尼‧尼古達（René Nekuda）
插　　圖：瑪莉‧烏本戈瓦（Marie Urbánková）
　　　　　約哈娜‧斯韋迪戈瓦（Johana Švejdíková）
　　　　　特蕾莎‧路克蘇娃（Tereza Lukešová）
　　　　　安妮達‧法蘭蒂克‧荷拉蘇娃（Aneta Františka Holasová）
翻　　譯：潘心慧
責任編輯：林沛暘
美術設計：陳雅琳
出　　版：新雅文化事業有限公司
　　　　　香港英皇道 499 號北角工業大廈 18 樓
　　　　　電話：(852) 2138 7998
　　　　　傳真：(852) 2597 4003
　　　　　網址：http://www.sunya.com.hk
　　　　　電郵：marketing@sunya.com.hk
發　　行：香港聯合書刊物流有限公司
　　　　　香港新界大埔汀麗路 36 號中華商務印刷大廈 3 字樓
　　　　　電話：(852) 2150 2100
　　　　　傳真：(852) 2407 3062
　　　　　電郵：info@suplogistics.com.hk
印　　刷：中華商務彩色印刷有限公司
　　　　　香港新界大埔汀麗路 36 號
版　　次：二〇二〇年六月初版

ISBN: 978-962-08-7533-5
Original Title: Příběhostroj
© LABYRINT, 2019
Published by arrangement with Albatros Media a.s, Prague, Czech Republic
www.albatrosmedia.eu